DATE DUE

La Bandera de Estrellas Centelleantes:
el himno nacional

por Catherine A. Welch
ilustraciones por Carrie H. Warwick

yo solo

HISTORIA

ediciones Lerner/Minneapolis

Para los miembros de mi familia que han servido a la patria: mi esposo, mi padre, mi hermano John y mi tío Frank
— C.A.W.

La autora desea agradecer a las siguientes personas que ayudaron en la recopilación del material para este libro: Mary Ellen Delaney y el personal de la Biblioteca Pública de Monroe, Connecticut; Raymond Bouley, Valerie Oakley, Judith A. Stark y el personal de la Biblioteca Pública de Southbury, Connecticut.

La edición en español fue realizada por un equipo de traductores nativos de español de translations.com, empresa mundial dedicada a la traducción.

ediciones Lerner
Una división de Lerner Publishing Group
241 First Avenue North
Minneapolis, MN 55401 EUA

Dirección de Internet: www.lernerbooks.com

La fotografía de la página 48 es cortesía del Instituto Smithsoniano, Museo Nacional de Historia Estadounidense, © 2002.

Library of Congress Cataloging-in-Publication Data

Welch, Catherine A.
    [Star-spangled banner. Spanish]
    La bandera de estrellas centelleantes : el himno nacional / por Catherine A. Welch ; ilustraciones por Carrie H. Warwick.
        p.   cm. — (Yo solo historia)
    ISBN-13: 978–0–8225–3114–2 (lib. bdg. : alk. paper)
    ISBN-10: 0–8225–3114–3 (lib. bdg. : alk. paper)
    1. Baltimore, Battle of, Baltimore, Md., 1814—Juvenile literature. 2. United States—History—War of 1812—Flags—Juvenile literature. 3. Flags—United States—History—19th century—Juvenile literature. 4. Key, Francis Scott, 1779–1843—Juvenile literature. 5. Star-spangled banner (Song)—Juvenile literature. I. Warwick, Carrie H., ill. II. Title. III. Series.
    E356.B2W4518 2006
    973.5'2—dc22   2005008925

Fabricado en los Estados Unidos de América
1 2 3 4 5 6 – DP – 11 10 09 08 07 06

Nota de la autora

Francis Scott Key nació en Maryland en 1779, durante la Guerra de la Independencia. Fue un niño listo. Se convirtió en abogado y a menudo escribía poemas para su familia y amigos. Al igual que los primeros colonizadores, Key tenía una gran fe en Dios y lo buscaba para obtener ayuda y fuerza. También era patriota y amaba a su país. Deseaba que los Estados Unidos siempre trabajara para la libertad, la justicia y la paz.

A comienzos del siglo XIX, los Estados Unidos y Gran Bretaña estuvieron nuevamente en guerra. Gran Bretaña detenía los barcos estadounidenses en la mar. Algunos miembros del Congreso de los EUA querían que Canadá formara parte de los Estados Unidos. En 1812, los Estados Unidos declaró la guerra contra Gran Bretaña.

En 1813, un pequeño ejército de los EUA invadió Canadá. Tomó e incendió la capital, la ciudad de York (Toronto).

Key opinaba que los Estados Unidos se equivocaba al invadir Canadá. Los canadienses no querían ser parte de los Estados Unidos. Pensaba que era un error que los Estados Unidos declarara la guerra para obtener nuevos territorios. ¿Acaso los estadounidenses se habían olvidado de la libertad y la justicia?

No obstante, Key estaba dispuesto a luchar para defender a su país. En 1814, las tropas británicas atacaron Washington, D.C. Key participó en la Batalla de Bladensburg. En ese mismo año, Key observó a los británicos atacar el Fuerte McHenry. Durante la batalla, Key escribió el poema que ahora se conoce como "La Bandera de Estrellas Centelleantes".

Ésta es la historia de "La Bandera de Estrellas Centelleantes".

Los Estados Unidos comenzó siendo
13 colonias.

Personas de muchos países venían
a las colonias.

Llegaban con muchas ideas sobre
cómo deseaban vivir.

Tenían muchas ideas sobre
cómo deseaban rezar.

Pero todas cruzaron el duro océano
de la misma manera.

Todas se apiñaron en los cascos
de los barcos.

Todas deseaban ser libres.

Gran Bretaña gobernaba las colonias.

Sin embargo, en el siglo XVIII,

los colonos quisieron gobernarse ellos mismos.

Deseaban formar un nuevo país.

Querían un país de libertad y justicia

para todos.

En 1776, los líderes de las colonias firmaron

la Declaración de la Independencia.

Las colonias serían libres.

En 1777, los líderes eligieron una bandera.

Tenía 13 barras y 13 estrellas.

Era un símbolo de la unión

de las 13 colonias para formar un país:

los Estados Unidos de América.

Los estadounidenses pelearon
por su libertad.
Lucharon en la Guerra de
la Independencia.
Los soldados estadounidenses
marchaban con uniformes rotos.
Pelearon contra los soldados británicos
bajo la lluvia y la nieve.
Combatieron con valentía.
Los soldados estadounidenses
amaban a su país.
Eran patriotas.
En el campo de batalla se tocaban
canciones patrióticas como "Yankee Doodle".

En 1783, los estadounidenses ganaron.

Las 13 colonias se convirtieron

en 13 estados.

Luego, Vermont se convirtió en estado

en 1791.

Kentucky se convirtió en estado en 1792.

Ya había 15 estados.

En 1795, se agregaron dos estrellas

y dos barras a la bandera.

En 1814, los Estados Unidos
inició otra guerra contra Gran Bretaña.
Las tropas británicas atacaron
Washington, D.C. e incendiaron
la Casa Blanca y el Astillero Naval.
Luego, arrestaron a un anciano médico
estadounidense, William Beanes.
Lo tomaron como prisionero.

Un abogado estadounidense se enteró
de lo que le ocurrió al doctor Beanes.
El abogado era Francis Scott Key.
Quería liberar a su amigo.
El presidente James Madison dijo que Key
podía hablar con los británicos.

Francis Scott Key subió a bordo de un barco británico en el puerto de Baltimore. Lo acompañaba John Skinner, otro estadounidense. Los oficiales británicos aceptaron liberar al doctor Beanes, pero los estadounidenses debían quedarse en el barco.

Otros barcos británicos se alistaban
para atacar el Fuerte McHenry.
Los británicos no querían
que los estadounidenses
revelaran sus planes.
Key recorrió la cubierta del barco.
Observó el fuerte con forma de estrella
a través de un catalejo.
Los cañonazos golpearon el Fuerte McHenry.

El ataque duró toda la noche
nublada y lluviosa.
A veces, las bombas explotaban en el aire
e iluminaban el cielo.
Key intentó ver
si la bandera estadounidense
todavía flameaba en el fuerte.

Key se preocupaba por las mujeres y niños
en Baltimore.

Estaban a tan sólo dos millas del fuerte.

Cada estallido sacudía sus casas.

Si tomaban el fuerte,

incendiarían Baltimore.

Key estaba furioso.

Estaba preocupado por su país.

Los británicos no le permitían

abandonar el barco.

No podía ayudar en nada.

Sin embargo, podía escribir sobre

lo que sentía sobre el ataque.

Key pensó en la letra de un poema.

Sacó una vieja carta de su bolsillo

y escribió algunas notas en el reverso.

Los cañones resonaban.

Los misiles estallaban.

Las imágenes y los sonidos

le dieron ideas a Key

para un poema.

> *El resplandor rojizo de los cohetes*
> *y el estallido de las bombas en el aire,*
> *Durante la noche dieron fe*
> *de que nuestra bandera seguía allí.*

Mientras tanto, las tropas británicas
subían a barcazas.

Avanzaron furtivamente
hacia la parte posterior del fuerte.

¿Lograrían los británicos tomar el fuerte?

El humo de la batalla oscurecía aun más
la noche lluviosa.

Key no podía ver lo que ocurría.

La mañana del 14 de septiembre,

la neblina envolvía el Fuerte McHenry.

Key estaba nervioso.

¿Qué bandera flameaba?

¿Sería la bandera británica?

¿Sería la bandera de estrellas centelleantes

de los Estados Unidos?

Key anotó más pensamientos.

Dime ¿puedes ver

a la luz del amanecer,

la que con tanto orgullo izamos

con el último rayo del crepúsculo?

La luz de la mañana aumentó.

Key alcanzaba a ver una bandera

que flameaba en la brisa.

¿Era la bandera estadounidense?

Esperó a que una ráfaga de viento

desplegara la bandera.

Sí, podía verla.

Era la bandera de estrellas centelleantes.

¡Los Estados Unidos habían ganado!

El 16 de septiembre, Key y Skinner
regresaron a Baltimore con Beanes.

Key terminó el poema.

Al final del poema, agradeció a Dios

por mantener a salvo a su país.

Key les mostró el poema a Skinner

y a otro hombre.

Uno de ellos lo llevó a un impresor.

El 17 de septiembre,

el poema se publicó en un volante.

Era una página que se repartía en las calles.

Al poema se le puso la melodía de
"Para Anacreonte en el Cielo".
Esta canción se trataba
de un antiguo poeta griego
llamado Anacreonte.
Se había escrito en Gran Bretaña
en el siglo XVIII.
Era popular en Gran Bretaña
y en los Estados Unidos.
Key conocía la melodía.

La noticia sobre "La Bandera de Estrellas Centelleantes" se divulgó rápidamente por Baltimore.

Las personas estaban enojadas por el ataque.

Estaban orgullosas de la victoria estadounidense.

Había un clima de patriotismo.

La noticia sobre la canción recorrió lentamente todo el país.

"La Bandera de Estrellas Centelleantes" se publicó en revistas, periódicos y cancioneros.

En el siglo XIX,

"La Bandera de Estrellas Centelleantes"

se tocaba a menudo el 4 de julio.

Inmensas multitudes se reunían

por todo el país.

Recordaban la lucha de los Estados Unidos

por la libertad.

En los pueblos, se celebraba con discursos,
cenas, desfiles y música.

Se leía la Declaración de la Independencia.

Las bandas musicales tocaban
canciones patrióticas.

Luego, las personas parecieron olvidar
"La Bandera de Estrellas Centelleantes"
durante varios años.

En 1861, estalló la Guerra Civil
entre los estados del Norte y del Sur.
Los soldados marcharon de nuevo
a los campos de batalla.
Los sentimientos patrióticos inundaban
los corazones de la gente.
¿Se mantendría unido el país?
"La Bandera de Estrellas Centelleantes"
ayudó a la gente a expresar
sus sentimientos de esperanza y temor.
La guerra duró cuatro años, hasta 1865.
El Norte ganó.
Y los estados permanecieron unidos.

En 1891, John Philip Sousa
era el director de la Banda de la Marina
de los Estados Unidos.
Conduja a la banda en una gira por el país.

La Banda de la Marina fue a
Nueva Inglaterra y luego a la región central
de Estados Unidos.
La banda tocaba "La Bandera de Estrellas
Centelleantes" en cada parada.

En 1917, los Estados Unidos
participó en la Primera Guerra Mundial.
Los soldados lucharon en otros países.
Los estadounidenses que se quedaron
en casa pensaron en formas
de demostrar su apoyo.

El patriotismo se desbordó durante un partido de béisbol de la Serie Mundial de 1918. Los Chicago Cubs y los Boston Red Sox jugaban en Chicago.

Hubo un momento en que la banda
empezó a tocar la melodía
de "La Bandera de Estrellas Centelleantes".
Los jugadores se voltearon hacia la banda.
Las personas se quitaron los sombreros.
Algunas empezaron a cantar.

Al poco tiempo, más de 19,000 personas
cantaban juntas.
Cuando terminó la canción,
todos aplaudieron y festejaron.
Tocar "La Bandera de Estrellas
Centelleantes" se convirtió
en parte de la tradición del béisbol.

Terminó la Primera Guerra Mundial
y los soldados regresaron a casa.
Algunas personas querían que
"La Bandera de Estrellas Centelleantes"
fuera el himno nacional.
Sería una canción que elogiara
a los Estados Unidos.
A otras personas no les agradaba la idea.
Decían que la canción era difícil de cantar.
No podían recordar la letra.
El poema se había escrito cuando
los Estados Unidos y Gran Bretaña
estaban en guerra.
Gran Bretaña se había convertido
en el mejor amigo de los Estados Unidos.
El himno debía ser una canción de paz,
decían, no de guerra.

Algunas personas incluso hicieron concursos.
Querían encontrar otra canción
para el himno nacional de los Estados Unidos.
Sin embargo, otros sí querían
"La Bandera de Estrellas Centelleantes".
Cerca de 6,000,000 de personas
firmaron una petición
para expresar este deseo.

Después de muchos años,
el Congreso aprobó un proyecto de ley.
El 3 de marzo de 1931,
el presidente Herbert Hoover lo firmó.
"La Bandera de Estrellas Centelleantes"
se convirtió en el himno nacional
de los Estados Unidos.

Francis Scott Key dijo que la canción
que había escrito "venía del corazón".
Y vio cómo tocó los corazones
de los estadounidenses.
Es una canción sobre
la bandera estadounidense.
Es una canción sobre un joven país
y su amor por la libertad.
Escucha la canción.
Recuerda a los valientes colonizadores
que llegaron de tantos países.
Recuerda a los héroes del Fuerte McHenry
que pelearon por la libertad.
Piensa en los héroes que te rodean
y en los héroes del mañana.

> *Dime, ¿flamea aún la bandera*
> *de estrellas centelleantes*
> *Sobre la tierra de los libres*
> *y la patria de los valientes?*

Defensa del Fuerte McHenry. [La Bandera de Estrellas Centelleantes]

Melodía: Anacreonte en el Cielo

Dime, ¿puedes ver a la luz del amanecer,
    La que con tanto orgullo izamos con el último rayo del crepúsculo,
Cuyas anchas barras y brillantes estrellas, en la peligrosa lucha
    Contemplamos flameando galante sobre las murallas?
El resplandor rojizo de los cohetes y el fragor de bombas,
Probaban que por la noche nuestra bandera aún estaba allí.
    Dime, ¿flamea aún la bandera de estrellas centelleantes,
    Sobre la tierra de los libres y la patria de los valientes?

En la costa, apenas perceptible entre la niebla del mar,
    Donde la hueste enemiga reposa en temeroso silencio,
¿Qué es lo que la brisa al soplar en parte oculta
Y en parte descubre en su alto pedestal?
Ahora recibe el destello del primer rayo del alba,
Reflejado en todo su esplendor y ahora se destaca en el aire,
    ¡Es la bandera de estrellas centelleantes! Que flamee por muchos años
    Sobre la tierra de los libres y la patria de los valientes.

¿Y dónde está aquella banda que engreída juraba
Que el torbellino de la guerra y la confusión de la batalla,
Nos privaría para siempre de patria y hogar?
La sangre ha lavado la mancha de sus pasos desleales.
Ningún refugio pudo salvar al mercenario y al esclavo,
Del terror de la fuga o de la lobreguez del sepulcro.
Y la bandera de estrellas centelleantes flamea triunfante,
Sobre la tierra de los libres y la patria de los valientes.

Así sea siempre, cuando los hombres libres se interpongan,
Entre sus amados hogares y la desolación de la guerra,
En la victoria y la paz, esta tierra, socorrida por el Cielo,
Alabe el Poder que nos creó y nos conservó como nación.
Hemos de triunfar, pues nuestra causa es justa,
Y sea nuestra divisa: "En Dios confiamos",
Y la bandera de estrellas centelleantes flameará triunfante,
Sobre la tierra de los libres y la patria de los valientes.

Ésta es una traducción de la primera publicación del poema de Key,
"Defensa del Fuerte McHenry", que luego se convirtió en "La Bandera de
Estrellas Centelleantes". Puedes ver la versión original en la Sociedad
Histórica de Maryland.

Ésta es la misma bandera que Francis Scott Key observó
cuando escribió "La Bandera de Estrellas Centelleantes".
Se encuentra en el Instituto Smithsoniano, en Washington, D.C.